KB212815

꿈은 끝나고 이제는 아침이어라. _C. S. 루이스, 《마지막 전투》

형제 새

곽상주 한강 언저리 마을에서 태어나 자랐습니다. 수면 위로 뛰어오른 물고기 같은 책을 만나려 합니다. 지은 책으로 《보이지 않는 새》《폴짝》이 있습니다.

초판 1쇄 펴냄 2016 12월 20일 | 지은이 곽상주 | 편집 여을환 | 디자인 달·리크리에이티브 | 펴낸곳 고동 | 등록번호 604-92-00262 | 전화 010 9165 9980 | 전자우편 gh273@naver.com | ⓒ 곽상주 2016 | ISBN 979-11-959141-0-4
이 책은 한국출판문화산업진흥원의 2016년 우수출판콘텐츠 제작 지원 사업 선정작입니다.

곽상주 그림책

형제 새

고동。

북쪽 땅 넓은 숲에 형제 새
소고와 비파가 살았습니다.

형제는 아직 나이는 어리지만
날카로운 부리와 튼튼한 날개를 가졌습니다.

형 소고는 하늘을 나는 것이 가장 좋았습니다.
친구들과 원을 그리며 구름까지 날아오르거나
멀리 하늘과 숲이 맞닿는 곳을
오래도록 바라보았습니다.

동생 비파는 숲속에 혼자 있는 것을 좋아했습니다.
꽃향기를 맡거나 풀벌레 소리를 들으려고
자주 발걸음을 멈추었습니다.
처음 보는 버섯을 만나기라도 하면
시간 가는 줄 모르고 지켜보았습니다.

저녁녘, 하늘과 숲이 어둑해지면
형제는 둥지로 돌아왔습니다.
비파가 낮에 본 것을 이야기하면
소고는 종종 웃음을 터뜨렸습니다.
밤이 되면 서로 머리를 기대고 잠이 들었습니다.

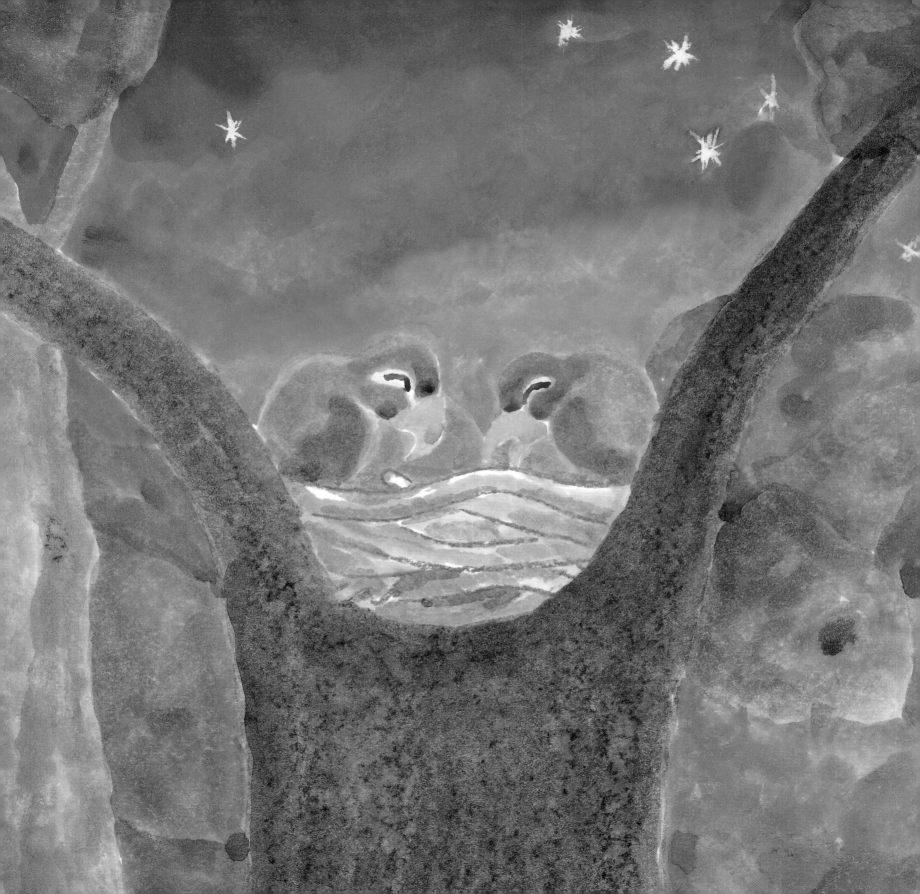

어느 날,
소고가 그물에 걸렸습니다.

빠져나오려 발버둥칠수록
오른쪽 날개가 그물에 더욱 단단히 얽매였습니다.
울음소리를 듣고 비파가 날아왔지만
날카로운 부리도 소용없었습니다.
"이제 곧 사냥꾼이 올 거야."
소고가 말했습니다.
비파는 울면서 형의 날갯죽지를 쪼았습니다.

가까스로 소고는 그물에서 빠져나와
비파와 함께 도망쳤습니다.

한쪽 날개를 잃은 소고는 나무 구멍에서
온종일 나오지 않았습니다.
친구들이 찾아와도 화를 내며 돌려보냈습니다.
소고의 고운 깃털이 점점 윤기를 잃어 갔습니다.

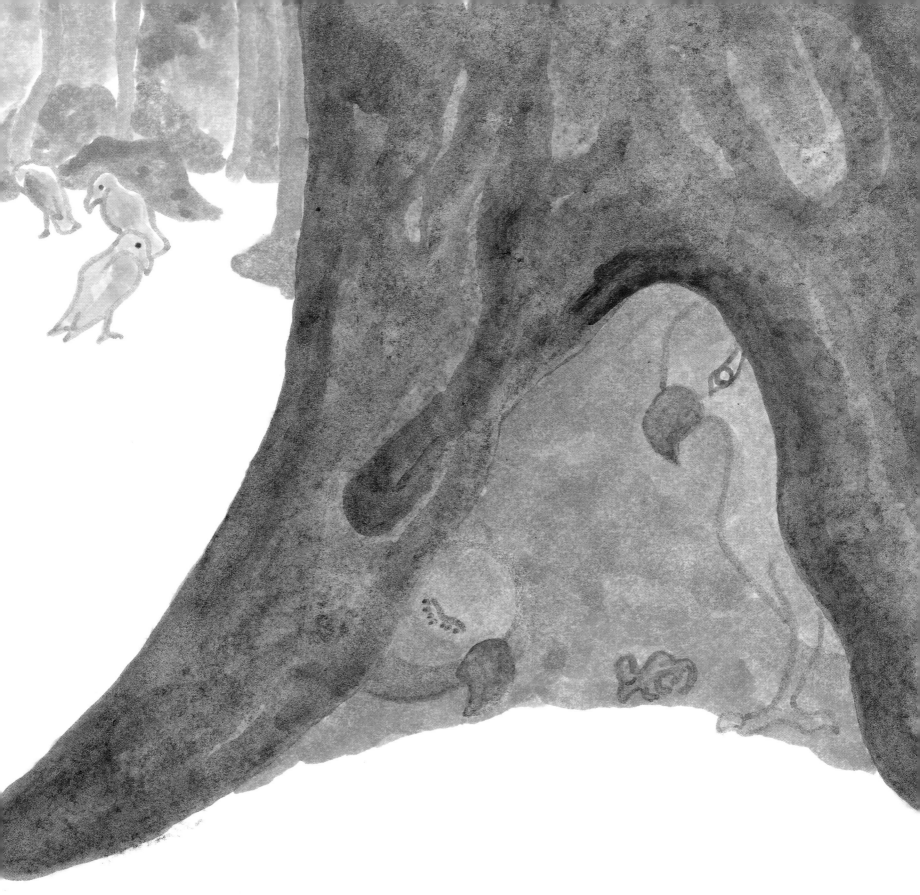

모두가 잠든 새벽,

소고는 비파가 좋아하는 숲속을 걸어 보았습니다.

부드러운 빛이 날개가 있던 자리를 어루만져 주었습니다.

꽃향기를 맡고 아름다운 풀벌레 소리도 들었습니다.

그러나 소고는 기쁘지 않았습니다.

어깨를 웅크린 채 캄캄한 나무 구멍으로 돌아갔습니다.

바람이 서늘해졌습니다.

비파도 형처럼 여위고 깃털이 거칠어졌습니다.

어느 날, 좋은 생각이 났습니다.

형과 함께 '달에게 가까이' 시합에 나가는 것이었습니다.

소고는 힘없이 고개를 저었지만

비파가 여러 번 이야기하자 마침내 고개를 끄덕였습니다.

일 년에 한 번
커다란 달이 북쪽 숲을 환하게 비추는 날,
누가 가장 튼튼한 날개를 가졌는지 겨루기 위해
젊은 새들이 숲 한가운데에 모였습니다.

형제 새가 나타나자 모두 깜짝 놀랐습니다.
'형제 새가 날 수 있을까?'

드디어 가장 나이 많은 새가 높은 울음을 울자
새들이 힘차게 달을 향해 날아올랐습니다.

시간이 지날수록 지친 새들은 하나 둘 숲으로 돌아가고
강한 날개를 가진 새들만 남았습니다.
형제 새는 점점 뒤처졌지만 열심히 날갯짓했습니다.
그러다 한순간, 날갯짓이 엇갈렸습니다.
한번 어긋나자 아무리 애써도 서로 맞지 않았습니다.

함께 날던 새들이 재빨리 날아와
등을 모아 떨어지는 형제 새를 태웠습니다.
새들은 천천히 땅으로 내려왔습니다.
소고는 자기가 시합을 망친 것 같아
고개를 숙였습니다.

"형제는 용감하다."
"소고의 날개가 가장 튼튼한 날개다."
시합에 참가한 새도, 구경하던 새도
모두 한마디씩 했습니다.
소고가 고개를 들었습니다.
커다란 눈물이 방울방울 떨어졌습니다.

그날 밤, 달빛에
숲속은 눈이 내린 것처럼 하얗게 빛났습니다.
형은 오랜만에 웃음을 터뜨리며
동생의 신이 난 이야기를 들었습니다.
새벽 무렵, 형제는 서로 몸을 기대고 잠이 들었습니다.